KB215578

나는 아직 넘치지 않았다

나는 아직 넘치지 않았다

김수원 시집

불교문예

지금이라는

시점을 접으면

시라는 지금이 생겼다

그러나 지금은

어제보다 아득했고

나는 아득함으로 쌓아 올린

로키산맥이었다

2025년 봄
김수원

차례

■ 시인의 말

1부

2부

3부

4부

1부

로키산맥

하얀 눈 덮인 로키산맥을 보며

천사와 같다 하고

흰 양과 같다 하고

나는 한국 사람이어서 그런지

흰 눈 머리에 인 로키산맥이

엄마의 젖무덤 같다

아이 없이 흘러나오는 흰 젖 같고

흰 소복 같다

레이크 루이스 호수에 비친 로키산맥이

아이 잃은 내 어머니가 들고 다니던

구름 전단지 같다

빛의 사격

건물 가운데가 뻥 뚫렸다

햇살에 집중 사격을 받은 듯 뚫린 구멍을 천장에서 북어가 내려다본다

나는 환한 구멍을 보고 있는데 북어는 검은 구멍을 보는지

북어의 눈이 검다

검은 구멍 속에서 어쩌면 북어는 베링해의 파도 소리를 듣고 있는지도 모른다

해초가 흔들리면 산호가 몸을 감추는 북태평양 아득한 곳을 찾는지도 모른다 너무 아득해서

북어는 이름이 많지

노가리 명태 동태 코다리 황태로도 불려

천장에 매달려 구멍을 들여다보는 저 북어는 어떤 이름의 시절을 기억하고 있을까

그 많은 이름을 풀어놓기 위해 북어는 얼마나 많은

바다를 돌아다녔을까
　　먼 길을 돌고 돌아 저 구멍 밖으로 나왔는지도 몰라
　　어두운 구멍 속에서

　　빛은 북어에게 유일한 방향이었을 거야

　　수만 년 빛의 포격을 받으며
　　빛이 쏟아지는 방향으로 달렸을 거야

　　빛을 따라 물 밖으로 나왔을 거야
　　자신이 빠져나온 구멍을 찾느라 북어의 눈이 검은지
모른다

봄밤

봄밤, 너를 처음 느낀 건 양수 속의 일

출렁이는 소리 익숙한 남프랑스의 훈풍
잠방거리는 나뭇잎들의 호수

너를 만나고 싶어
나는 읊조리듯 말했다

눈 감으면 목소리가
너인 것 같다가
너였다가
결국,

양수 속에서 너를 기다리는 일은 나의 전부
첨벙대며 밤을 기다리는

봄밤, 창문을 여는 아이처럼
나는 안에 너는 밖에 있다

봄밤은 미리 사정을 끝낸 반딧불이
비행하는 행성들

창문을 닫으면
나를 기다리는 일은

네 봄밤의 전부

칼을 위하여

히말라야 설산을 바라본다
뾰족하게 빛나는 하얀 봉우리는 너의 손이다

가끔 너의 손은 붉게 핀 맨드라미 군락지였다가
너의 손등부터 눈부신 백야가 되기도 한다.
결국, 너의 손은 히말라야 설산이다

내가 손을 휘저으면 눈사태가 일어난다
너의 춤사위가 넘실거리는 나는 시간의 여행자다
설산을 쪼갠 너의 손이 잘게 쪼개 놓은 사물들
사과와 양파 내리치는 것에 익숙한 것들이 탁자 위에
늘어간다

너의 손은 칼이다
너의 손은 의사가 되거나 흉기가 된다
너의 손이 단번에 쳐낸 문장들이 시가 될 수 있을까
히말라야 설산을 쪼갠 너의 칼에서 눈보라가 일어선다

나의 원고지 위로 쏟아지는 하얀 문장들

그림자가 바람에 펄럭입니다

　나는 상자예요. 누군가 다녀간 흔적도 있는. 그러나 다녀간 사람의 그림자는 보이지 않아요. 상자도 그림자는 가두지 못하니까요. 밤이 되면 그림자는 투명해지니까요. 어떤 사람은 버려진 것도 그림자였다고 수군거리더군요. 상자에는 그림자도 많아요. 고양이 그림자도 있고 애인에게 받은 꽃 그림자도 있고 아기 그림자도 있어요. 그림자는 그림자이니 그냥 봄밤에 펄럭이는 기저귀라고 할까요. 하지만 내가 말했죠. 상자도 그림자는 가두지 못해요. 나는 상자예요. 이어지지 못한 벽이에요. 어둠이 내게 얼굴을 파묻으면 나는 서늘하고 어두워지죠. 출구가 보이지 않죠. 내 몸을 만지면 날카로운 바닥이 느껴질 거예요. 육면이 모두 바닥이니까요. 상자에게도 엄마가 있을까요? 아기 그림자가 나를 다녀갔으니 내가 엄마일까요? 봄밤에 펄럭이던 아기 그림자는 어디로 가고 있을까요? 그림자를 버리고 가는 그림자들을 보았어요.

컵의 깊이

컵은 우주다
컵은 너무 멀고 아득하다
우주의 관점에서 보면 우리는 컵 안에 살고
컵은 행성이고 지구이면서 컵은 우리 집 작은 종지다
간장을 담으면 식탁에 블랙홀이 생긴다
간장을 비우면 컵은 알래스카의 빙하
로키산맥의 루이스 호수다
호수가 얼어서 컵은 부풀고 우주는 더 커진다
나와 컵은 더 멀어진다
내 컵에 닿기 위해 나는 은하를 건너고
나는 어두운 컵 속을 떠돌며
더 멀어진 당신과의 거리를 생각한다
올려다본 하늘은 너무 아득했고
나는 우주 한가운데를 향해 달려갔다
보이지 않는 저 어둠 끝에는 무엇이 도사리고 있을까
인적이 끊긴 저 은하를
어디가 끝인지도 알지 못한 채 그저 갈 뿐이다
목이 마르면 작은 컵 속의 호수와 빙하와 블랙홀을 마

셨다

　블랙커피처럼 쓰다가 빙하처럼 달다가

　컵이 멀리서 반짝였다

　컵 속에서 살아가는 일은 쓸쓸한 일이었고

　작거나 크거나 넘치거나 모자라거나 컵 속의 일이었다

　한 손으로 쥔 컵의 손잡이는

　당신에게 가는 좌표다

실크처럼

나는 정리 정돈을 잘 해요

하루에도 몇 번씩 탁자를 접고 탁자를 펴요 보자기
처럼 탁자가 가벼워져요 다리는 사라져요 무릎을 접으
면 시간이 짧아지듯

그림자는 정오의 탁자를 사라지게 하죠 탁자가 사라
지면 내 언덕도 사라지지만 괜찮아요 당신이 나의 언
덕이에요

내가 접은 탁자를 당신이 폈다는 말이에요 언덕을
펴면 엄마는 오른팔에 아빠는 왼팔에 매달려 있어요
먹고 싶은 것을 먹고 마시고 싶은 것을 마시며 온 가족
이 매달려 있는 집에서

내가 포크를 들어요 지붕의 그림자가 포크처럼 뾰족
하게 내 몸으로 내려와요 뾰족해진 저녁은 안전한가요

묻지 말아요 나도 내 존재를 모르겠어요 그냥 나를
만져보세요

　실크처럼
　부드럽게

　나의 하루를 접었습니다
　정돈을 잘하니까요

바람의 지도

임종을 앞둔 아버지의 발바닥

바람을 밟고 다녔던 곳에
어둡고 습한 천상열차분야지도가 있다

하늘의 지도를 만들려고
가장 높은 바닥을 그렸지만
가장 낮은 바닥을 디뎌야 하는

발바닥은 천문의 지도가 되었다 그것이 숙명이어서

발이 밟았던 바람의 주기율표를
별자리로 바꾸는 아버지는 연금술사였다

북극성을 따라가다 보면
가족은 가장 빛나는 별이었다
별자리마다 경락으로 빛났지만
척추는 무너져 있었다

금을 따라 숨을 들썩이는
발바닥 지도를 보며

별자리를 찾는 삶이어서
별자리 쪽으로 펴는 발가락이어서

신발을 신으며 아버지는 발바닥부터 뜨거워지곤 했다

시계 소리

외롭지 않기 위해서
친구를 만나 수다를 떱니다
친구를 두고 옵니다

외롭지 않기 위해서
등산을 합니다
숲을 두고 옵니다

외롭지 않기 위해 책을 읽습니다
책을 덮습니다

책 속의 아이들이 고독해집니다

외롭지 않기 위해 사랑을 하고
외롭지 않기 위해 아이를 낳습니다
아이는 자라
친구와 수다를 떨고
숲에서 산책하고

책을 삽니다

외롭지 않기 위해서 영화를 봅니다
외롭지 않기 위해 그림을 그리고
외롭지 않기 위해서 시계를 봅니다

시계의 초침 소리를
두고 옵니다

볼록거울 속의 시

굽은 길모퉁이 볼록거울 하나 있다
이쪽 길 소실점과 저쪽 길의 소실점이 합쳐지는 거
울 안에서

새가 커졌다 볼록해졌다

볼록거울 밖의 새가 소실점으로 사라지면
새 그림자가 거울 속으로 가라앉고

새들이 가라앉아 거울은 숲이 된다

숲에 비가 오면 새가 비를 맞고
새 그림자가 끝없이 가라앉는 거울

하루는 내가 길모퉁이를 돌다가 볼록거울을 본다

새는 없고 거울 속에 나만 있어서
내가 볼록거울 안에 나를 낳고

내가 낳은 나는 세상에서 가장 볼록한 나

시를 쓰는 나
시를 찢는 나

거울 밖에 비가 오면 거울 속에도 비가 온다
거울 속에 버린 시가 궁금해서
내가 우산을 쓰고 거울 앞으로 다가가면

거울 속에서 우산만 걸어간다

낯선 도로에서

당신이 신기루처럼 희미해질 때 있어요

먼 곳에서 깃발을 흔들며

앞장설 때도 있지만

신기루처럼

당신은 흩어지고

나는 깃발을 스쳐 가고 말아요

신기루니까요

뜬구름을 잡는 걸까요

일생에 잡아본 것은 빈주먹뿐이었는데요

당신은 가끔 대기권 밖을 떠돌다가 돌아온 사람 같아요

유영하는 그림자였던 것도 같고

낯선 도로에서

장승처럼 서 있기도 하고

그런 당신의 표지를 따라왔어요

당신이 깃발처럼 펄럭일 때 있거든요

닿지 않는 거리는 틈일까요

다가가는 만큼 멀어지는 교차로,

희미해지는 거리 끝에서

신호등처럼 입술이 붉게 켜지고 있나요

내가 가면 왜 따라오나요

건물도 나무들도 구름도

긴 신호가 되는 나를 따라왔어요

나는 당신을 따라왔고요

깃발을 흔드네요

그림자처럼

동백이라 했다

경칩이 되기 전
동박새 곁에서 피는 꽃이 동백이라 했다

섬과 섬 사이
핏빛으로

초경을 치른 바다가 동백이라 했다

그대 돌아오기를 기다린다는
꽃말을 받아 적으며 짙푸른 바다
해종일 붉은 울음으로 출렁거려 동백이라고

사랑할 때보다 헤어질 때
더 애타게 우는 뱃고동 소리에
깜빡 깨어나는
고독한 섬이 동백이라고

동백이 지는 날은 내 눈도 붉어져

선재도와 영흥도 사이에서

스스로 목을 꺾는

바람도 붉어져

해면으로 떨어지는 바람의 몰락이 동백이라 했다

과수원 옆에는

과수원 옆에는 눈사람이 없다

과수원 옆에는 호수가 없다

과수원 옆에는 카펫이 없다

과수원 옆에는 눈이 내리고 동백여관이 있다

동백여관 옆에는 자전거가 있고 자전거에는 연인이
타고 있다

연인은 내가 모르는 연인

과수원 옆에는 아지랑이가 없다

과수원 옆에는 해변이 없다

과수원 옆에는 구름이 없고

과수원 옆에는 아버지가 없고

과수원 옆에는 동백여관이 있다

동백여관에서 언니가 뜨개질을 하고 있다

언니 옆에는 불면이 누워있다

그 불면은 언니가 모르는 불면

과수원 옆에는 가로등이 있고

가로등이 긴 그림자를 밤새 바라보고 있다

그림자 옆에는 붉은 맨드라미가 군락지를 이루고 있다

과수원 옆에는 애인이 없다

그 아이가 없다

콩 이후의 이름

한때 딱딱했던 이름
콩으로 불리던 이름이 가물가물하지만
기억을 부수고
짠물과 섞여

두부가 되었지만

나는 콩에서 왔지

한 이름으로 오래 못 가는 신념이어서
판에 담기면 판모가 되고
나누어 한모가 되지
어떤 이름이면 어때
한 모든 두 모든

더 이상 나눌 수 없을 때까지

한때 딱딱했던 이름이었는데

꼬투리에서 나온 후로
얻은 이름은 두부
소박한 밥상에 두부는 그럭저럭이지만

무르다고 쉽게 넘어가지 마
싼 음식으로 보지 마

당신에게 부드럽게 느껴질 뿐
그거 알아요?

원래는 딱딱한 이름

봄밤은

봄밤은 취기로 가득해

달빛은 마구 엉클어지고
새순은 박하향 같고

꽃향기는 왜 어둠 속에서 순수해지는지
산들바람은 왜 치마를 들썩이는지

미처 묻기도 전에

나뭇잎이 내뱉는 숨과
연인들이 들이마시는 숨으로 가득한

봄밤은 깊은 호흡

낮은 기류로 가득해
바람이 모이고 모여 봄밤은

태풍의 눈으로 가득해

2부

편지의 계절

숲은 어떤 필체일까요
가령 여름에 태풍이 숲을 흔들면
숲은 오른쪽 왼쪽으로 펜을 기울입니다
그러다 허공을 향해 한 획을 날리면 숲은 필기체로
흐릅니다

폭우로 어두워진 숲은 정서체입니다
장마에 머리를 숙이고 단정히 땅만 바라봅니다
땅에 무언가를 쓰려는 사람처럼
물살에 무언가를 흘려보내는 사람처럼

가을 숲은 안부를 묻는 편지입니다
바람이 불면 나무들이 나무에게 안부를 묻습니다
가까운 나무에서 숲의 먼 나무까지
은사시나무는 은사시나무에게
자작나무는 자작나무에게 편지를 읽어줍니다
낙엽은 낙엽의 소리를 냅니다
낙엽 밟는 소리는 어떤 안부 같은데

겨울 숲은 펜을 버립니다

먹물을 버립니다

겨울은 고요히 백지만을 바라봅니다 백지 위에

다시 쓰는 편지가 봄일까요

숲에 온갖 꽃이 폈으니 이미 봄은 꽃봉투일까요

새가 집배원처럼 나무 사이를 날고

누가 멀리서 꽃봉투를 열어보고

녹는 꿈

겨울엔 어는
꿈을 자주 꿔요

어는 점에서 날을 세우는 고드름, 바람, 시간, 얼수
록 굵고 무거운 것이 먼저 떨어지고 온화한 날 가장 가
는 것이 먼저 녹는

얼음은 겨울의 상속자죠

서늘하지만 쉽게 녹아 순수하죠

처마 끝은 아찔한 꿈이래요 겨울이라서 그렇대요 떨
어질 때 눈을 감지만 그 후를 기록하지 않아 저기압에
서 고기압으로 수축하는 계절

눈 냄새까지 녹는 꿈을 자주 꿔요

똑 똑 미리 낙하지점을 찾는 고드름을 보세요

처마 밑에서 녹는점을 찾는 사치를 보세요

겨울을 다 잃어서 빈손인 사람에게

어서 오라고
어서 녹으라고

가로등

밝은 마음과
밝혀주려는 마음으로

당신은 땅에 심긴 사람

밖에서 한뎃잠을 자며 잠자리를 옮기지 못하는 사람
그렇지만

남에게는 너그럽고 자신에게는 엄격해서 자신의 발
등만 비추는 당신은
지나가는 그림자를 기억하고 나의 어둠까지
잘 알고

살기 위해 서 있고 비추기 위해 밝고
바깥 온도와 안의 온도가 같고
출발지가 도착지가 되는 사람

알고 있다

보았어도 잊어버리는 사람들
그렇지만

스스로 켜지는 사람 하나 갖고 싶어서
당신은 땅에 서 있는 사람

그늘

그늘은 이명이어서

시끄러울까 봐 모두 기피 하는 곳 하지만
들어가 보면 너무 조용해서 쉬고 싶은 의자였고 첫
번째 친구였다 배신한 친구도 앉혀주는 자리라서

그늘은 그늘끼리 어울렸다

밑바닥으로 바닥을 보여주는 그늘은 그늘의 깊이로
나를 성장시켰다 나는 나를 가리고 싶어서 스스로 그
늘이 되었다

그늘은 그늘 속에서 산다
귓속 이명이어서

습기가 고이는 곳 너무 짙으면 물이 고일 수도 있고
늪이 될 수도 있는

그늘에서 해를 따라 돌아앉지만

오래되면 그늘의 살이 붙어서 좀처럼 떨어지지 않는다
항상 따라 다니려고 해서 그늘이다

회색 문

회색 문이더라

잠에서 깨면 말하던 어머니

다시 깊은 잠에 빠졌습니다

잠은 어둡거나 환하던데

잠의 입구에 있는 문은 왜 회색일까요?

잠이 회색이든지 기억이 회색이라면

살아온 기억을 모두 모아 믹서기에 갈면

잠은 무슨 색이 될까요?

회색 문 안에 어떤 세계가 있는지

그 세계에도 붉은 노을이 생기는지 나는 모르지만

그 문은 한번 들어가면 나올 수 없겠지요

손잡이가 없을 테지요

한 점의 세포로 시작했지만

한 점 먼지로 변해가는 게 인생이어서

마지막 잠은 회색일까요?

길 위에 떠 있는 먼지처럼 떠돌고만 싶어서

다시는 돌아오고 싶지 않아서 깨지 않는 건지도 모
르지요

한번 들어가면 열 수 없는 문에 기대어
문 이쪽과 저쪽을 노려보는지도 모를
어머니가 회색 문 안에 있습니다
들숨과 날숨으로도
열리지 않는 문 안쪽에

홍수주의보

물이 들어왔다

비명을 지르며 집안으로 들이친 흙탕물

집들이 쑥대밭이 되었다

저수지 제방이 터졌다는 저녁 뉴스에서

리포터는 물에 잠긴 지역을 일일이 말해주고 있었다

카메라는 물에 휩쓸린 지붕을 보여주었다

지붕에는 닭이 올라가 있었고

소가 올라간 지붕은 이미 물살에 떠내려가고 있었다

그렇게 장마가 모든 걸 휩쓸던 저녁

나의 장마를 생각했다

1997년 IMF라는 장마는 식구를 흩어지게 했고 집은
급류에 휩쓸렸다

우리들은 각자의 지붕을 타고 닭이나 소처럼 떠내려
갔다

흙탕물이 지나간 자리엔 가라앉은 부유물처럼 채무
만 남았다

변명도 유예기간도 주어지지 않았다

잠시 햇살이 보일 때 가구들을 닦아내며 햇볕에 대해

생각했다

　　뉴스 속에서 집들은 여전히 떠내려가고 있는데

　　창밖은 아직 어둡고 어제 이사한 새집의 가구들은
깨끗하다

　　쌀을 씻어 안치고 타이머를 맞췄다

　　비명을 지르며 물이 끓는다

비밀의 방

내 인형을 소개할게요
이름이 크레파스예요

인형의 이름이 왜 크레파스냐고
당신은 웃겠지만
내 인형이 당신보다 예뻐요
크레파스니까요
가령 인형의 눈이 얼마나 푸른지 끌어안고 있다 보면
나는 깊은 바다에서 유영하고 있어요
포근하고 출렁거려요

푸른 눈에는 아름다움도 있고 은밀함도 있어요
그 은밀함에 가끔은 깜짝 놀라기도 하는데
그럴 때 인형은 거울이에요
인형의 얼굴을 내 얼굴로 보지요
내 방은 비밀의 방이 되고요

인형 속에 내가 많아서 빠져나오기 어렵지요

나는 다양한 색을 가진 크레파스가 되지요

색을 많이 덧칠할수록

슬프고 어두워져요

울 때마다 색의 이름이 많아져요

울음이 섞이면 나는 열두 색 크레파스

함부로 칠해서

더러워진 인형입니다

비가 내리는 날엔

비가 억수같이 내리는 날엔 기차를 탑시다

낮은 기압은 동동주와 어울리고요

목적 없는 날씨니까요

서울역에서 열차를 타면 목포역까지

빗물은 창가로 몸을 던지죠

다음 역은 없다는 듯

목포 가는 길에 지구를 몇 바퀴 돌아올 수도 있지요

밤나무가 밤을 떨어뜨리는 길에서

산사나무가 산사열매를 떨어뜨리는 길에서

내리지 마세요

종착역에 도착하면 바닷가 선술집을 찾아 들어가

동동주를 마시세요

기분이 동동 뜨라고 동동주래요

폭우가 쏟아지고 바람이 몹시 부는 날엔 당신도 동
동 뜨세요

동동 떠서 기차를 탔다가 내렸다가 취했다가 깼다가

그래도 동동주로 채워지지 않는 무엇이 있어요

잔을 내려놓듯 아무 역에나 나를 내려놓고 싶은 날

있어요

　지구를 몇 바퀴 도세요 대구나 목포도 좋지요

　다음 역에 내려요 동동주를 마셔요

　비가 비틀거리는 날엔

저녁의 숲은

저녁의 숲은 그림자들이 깨어나는 담벼락입니다

나무그림자는 모자 쓴 인형극입니다

들개들은 그림자 기차놀이를 하는군요

머리에 뿔 난 도깨비가 연기처럼 날아다닙니다

어둠을 더듬어 소쩍새가 지나가면

담벼락에 금이 가고

숲에 바람이 일고

나뭇잎들이 나뭇잎에게 키스를 해서 몽돌이 몸을 씻는 소리를 냅니다

그 소리는 음계 같아서 담벼락에서 연주회가 벌어집니다

물푸레나무가 실루엣으로 첼로를

숲의 풀들이 바이올린을

부산한 손의 움직임 뒤

숲 사이로 빛나는 반딧불이 일어섭니다

그림자들의 무도회가 담벼락만큼 길게 펼쳐지는 저녁

마부가 숲을 사륜마차처럼 끌고 갑니다

가끔 숲 사이로 들어온 빛이 담벼락을 더듬지만 만져지지 않습니다

빛과 그림자가 한 몸인 숲에서
화면의 등장인물은 잠시 움직이다 사라지고
나는 그림자가 아니어서 인형극에 없습니다.
담벼락이 없습니다
저녁의 숲은 흔들림으로

자다르 바다

노을은 항구를 끌어안고 연인들의 그림자는 파도의 포말처럼 일어섰다 흩어진다

자다르 바다는 해종일 오르간 연주를 한다는 말 들었는데 자다르의 하얀 파도가 건반처럼 오르내렸다

파도는 음계가 되고 파도를 비켜가는 여객선은 음표가 된다

파도가 출렁일 때마다 부표처럼 사라졌다 나타나는 음표들을 지나 여객선이 도돌이표로 돌아오면 자다르 바다의 하루가 저문다

해변은 아가미 같았다

항구에 걸린 국기들은 닳아져 반쪽으로 펄럭였다 반쪽은 갈매기의 먹이가 되었다

바다도 갈매기도 노을도 경계를 긋지 않는 자다르 해변에서

먼 바다는 드레스를 입은 신부처럼 청순했다

가까운 바다는 밤새 하얀 파도를 입었다가 벗었다

여름에 쓴 책

그리움이 토마토라면
여름엔 그리움이 조금씩 붉어지겠지요
하지만 너무 익어서
여름이 가기 전에 터지고 시들겠지요

그리움이 돌이라면
누군가 멀리 던지겠지요
나는 그리움이 있던 자리에서 멀어지겠지요
언젠가 던진 돌은 백사장이 되고
발자국만 돌아오겠지요

그리움이 컵이라면
내 그리움은 언젠가 깨지겠지요
깨진 후에는 너무 투명해서 다 보이겠지요
그러면 그리움을 다른 컵에 숨기게 되고
컵에는 어둠이 파고들겠지요

그리움이 해당화라면

그리움이 물이라면

그리움이 숲이라면
내 그리움은 한 권씩 쌓아 올린 책이 되겠지요
하지만 책은 계속 쌓이고
숲은 흔들리고

여름엔 와르르 무너지겠지요

캥거루 포켓에는

포켓은 내가 숨긴 다락방
유년 시절의 에어포켓이었지
아무도 들어올 수 없지
한 손을 주머니에 넣고 어두운 저녁이 되면
나의 다락방으로 들어가지
그곳에는 손바닥만 한 빛도 있고 빗물에 젖은 손수건
도 있지
손수건을 다락방에 걸면 창밖은 갑자기 어둡고
손수건 너머 구부러지는 골목의 끝이 보이지
다락방에는 연을 풀어주는 얼레도 있어
얼레의 실을 풀면 방패연 대신 구름이 떠오르고
실 대신 골목길이 풀려나오고
다락방에 캥거루처럼 숨고 싶었어
하지만 다락방이 캥거루 품 같아서 그 속에 여름이 살
고 숲이 우거졌어
캥거루 포켓엔 죽은 새도 있고 먹다 남은 비스킷도 있고
열쇠가 없는 상자도 있지
상자에는 언덕이 있고

언덕을 넘으며 끌고 다닌 내 그림자가 있고
다락방에 앉아 등이 시릴 땐 언덕에 기대기도 했지
낮잠을 깨면 언덕은 구덩이가 되어 있고
나는 포켓 속에서 자주 뒤척거렸지

다락방에서 내려오렴

가족들이 나를 부르곤 했지

나는 아직도

컵에 손가락이 찔렸다

분명 허공이었는데
공중을 날아가다 유리벽에 충돌했다
그것은 너무 투명해서 눈이 부셨다

그러니까 내 손가락은 유리에 부딪힌 새

뼛속에 구멍이 있어 가볍게 날아가는 새처럼
온몸에 숭숭 구멍투성이인 나는 몸이 허공이었다
언제나 힘을 다해 날아올랐다

컵을 채우려는 듯이

넘쳐서 흘러나오려는 듯이
비행하다 벽에 부딪혀 죽어가는 새들이 늘었다

어떤 날은 컵을 거꾸로 세워 땅을 딛고 섰다

하늘보다 땅이 나에게 더 높은 세상이 되었고
그 후로도 여러 번 비상했지만
컵이 나의 세상이 되었고
그 작은 세상에서 벗어나기 위해

하루에도 몇 번씩 넘치는 나를 만나며
컵에 수없이 손가락이 찔렸지만

나는 아직도 넘치지 않았다

몸짓들

숲은 우물 속 같습니다

어둡고 깊은 벽입니다

벽에는 나무와 풀벌레와 바람과 햇빛과 물소리도 함께 있었습니다

우물을 길어 올리는 것은 경건한 기도

기도는 더 이상 빛이 보이지 않는다는 뜻이니까요

당신과의 기억이 멀어지듯

바람은 너무 멀리 떨어진 것을 느낍니다

숲에 저녁이 오면 반딧불이 은하수로 흐릅니다

숲은 어둠에 침몰합니다

우물에서 어둠이 올라와 토끼도 삶도 박쥐도 부엉이도 어둠이었습니다

어둠에는 소리도 있습니다

여기저기 나를 부르는 소리로 숲은 첨벙입니다

소리는 메아리로 남아 우물 속에서 내가 공명합니다

숲이 흔들리면 기억이 흔들리고

기억이 흔들리면 숲이 흔들립니다

흔들리는 숲에 당신과 내가 있었고

반딧불이와 부엉이도 있었고

우리는 흔들리는 몸짓이었습니다

그러나 몸짓 중에는

새의 몸짓과 나무의 몸짓과

나의 몸짓도 있었습니다

숲의 하루

숲에 바람이 일면

나뭇잎들은 천 개의 손이 되지
천 마리 토끼가 되지
바람이 모여서 잎이 빛나지만
저녁이 되면 빛을 떨쳐내고 스스로 깊어지지

숲은 무엇으로 자유로울까
나뭇잎은 왜 우주에서 가장 한가로워 보일까
벌목꾼이 밑동을 찍어낸 그루터기에서

잎은 왜 어둠보다 빨리 올라올까

숲에 어둠이 내리면
별자리들이 잎으로 내려앉고

잎이 잎을 향해 빛을 내지

꽃을 밀어내는 산통으로 숲은 어수선하고
떡갈나무와 쑥부쟁이는 산파노릇 하느라 허둥대고

새벽의 숲은 숨을 죽이지
아침이 오고 꽃이 아이처럼 아장아장 일어날 때
숲은 무엇으로 가득해질까

숲에 비가 내리면

여름 편지

구름에도 강이 있다고 생각해요 어디로든 흘러가고 굽이굽이 돌고
첫 연회에 나온 열여섯 무희의 치마처럼 부풀어 오르는

그렇다고 왈츠를 출 정도는 아니고요
당신의 눈가에 머물지 못한 애틋함이 폭우로 몰아치기도 하지만

구름의 속성이란 살짝만 스쳐도 비를 내리는 것이니까요 바람만 스쳐도 울고 내 의지로 어찌할 수 없는 구름이 또 몰려옵니다 강은 부풀고

장마는 강을 온통 흙탕물로 만들기도 해요 구름에도 긴 강이 흐른다는 어느 아프리카 시인의 말처럼 그대는 내 속에서 뒤척이며 장마를 만드는 서신입니다

사랑도 사람의 일이라 지루하고 눅눅한 장마 같아요
먹구름은 길고 지루한 비를 불러요

오래 기다리면 햇볕이 들겠지만

지금은 둑길을 걷는 마음에 그대가 넘치고

돌의 마음

돌에도 지문이 있다

파도가 천 년을 때렸으니까

돌에도 색이 있다

노을이 천 년을 내렸으니까

돌에도 별밭이 있다

천 년을 하루같이 하늘만 보았으니까

별자리를 따라 밤에만 움직이는

돌에도 마음이 있다

3부

백야

해가 지지 않는 밤 우리의 거리를 생각한다

발칸반도 저녁노을이 눈썹에 내려앉고
이내 백지 같은 하늘에 별이 빛나지만

이 하얀 밤은 눈을 감을 수도 없는 마음, 시린 손, 눈
사람인 양 나를 무심히 바라보던 너, 이 하얀 밤은

그 밤에 뱉지 못한 독백

그 밤에 혼자 돌아오던 발목 없는 그림자

이 하얀 밤은

아직도 해가 지지 않는 지루한 너

까보 다 로까

까보 다 로까는 리스본 서쪽으로 약 40km 가면 만나는 대서양 해안이다 유럽 대륙의 서쪽 땅끝이다 돌탑에 포르투갈 시인 루이스 드 까몽이스가 쓴 시 구절이 있다 "대륙은 이곳에서 끝나고 바다가 시작된다"

모르는 사람들이 손을 흔들었다 나는 손을 흔들지 않았다 그들은 서로에게 그리고 다른 사람에게 손을 흔들었다 나는 그들을 잊고 세상 끝으로 올라갔다 세상에서 세 번째로 오래된 언덕 위 빨간 집이 있다

이국의 야생화가 해풍에 흔들리고 있었다 인터넷에서 보던 것과 같았지만 달랐다 땅이 끝나고 바다가 시작되는 곳. 어서 오라고, 어서 들어오라고, 순간, 끝이 보였다 혼자라서 좋은 노래를 불러보았다 시작이며 끝인 곳. 그곳에서 며칠 살았다

청색시대

초경을 맞은 바다
하얀 몸을 태우는 백사장
말을 거는 소년
파도에 몸을 맡기고 싶었어

둥근 튜브는
아름다운 언약

수줍게 바다에 뛰어들면
구름 한 점 없는 하늘과
하늘로 물든 청색시대
육지로부터 멀어지고 싶었어

잠깐 눈을 감고 떴는데
소년의 얼굴은 온데간데없고

바다도 없고
언약도 없고

청색도 없고

온통 모래사장뿐이었어
잠깐 눈을 뜨고 감았는데

사이프러스 나무

나는 사이프러스 나무입니다

지구의 안테나입니다

주파수를 하늘에 둔 전령사처럼

나는 가장 가까운 언덕에 뿌리를 내립니다

새들이 날아가면 날아가는 새와 교감하고

밤엔 별자리와 교감하고

가끔은 죽은 자와 교감합니다

어떤 사이프러스 나무는

외계 행성들과 교감한다더군요

나는 아직 그 마음을 모르지만

마을 입구에서 경계를 서며

주파수를 맞추어 마을 소식을 전해줍니다

사계절과 교감합니다 지구의 안테나니까요

땅으로 흐르는 주파수는

대부분 사랑하는 사람을 찾아갑니다

그래서 사람들은 손을 잡고 땅 위를 걷고

지상에는 꽃이 피고

나뭇잎들은 흙으로 돌아갑니다

나뭇잎은 썩어 다시 나무가 되고
나무가 자라 지구의 안테나가 되고
사이프러스 나무 위로 사계절의
하늘이 지나갑니다

숲이 생겼다

담벼락에 흰 칠을 했다

낙서를 지우려 페인트로 꼼꼼히 칠을 했다

어느 날부터인지 금이 가더니 수많은 자작나무를 피
워냈다

한 그루 두 그루 숲을 이루었다

나무들이 낙서 속에서 나와 가지를 키웠다

아침에는 아침 햇살로 씻고

저녁에는 노을빛으로 세수를 했다

담벼락의 나무를 보려고 동네 사람들이 몰려

그림자가 우르르 몰렸다

나무들이 자란 후 없던 것이 생기고

생긴 것 위에 이야기가 생기고 이야기 위에 나무가
더 자라서

나무들의 장터가 생겼다

숲이 생겼다

숲에 아이들의 소문이 숨어있다

아이들이 더 몰려들어 담벼락에 낙서를 했고

숲이 더 무성해졌고

어른들이 와서 담벼락에 흰 칠을 한다

모든 것은 생겨나고 또한 사라졌다

장터처럼

숲처럼

덩어리 숲

마트에서 이천 원을 주고 샀다
비닐봉지에 담긴 숲
너무 가벼워서
한 손으로 들고 오는 동안 조금도 무겁지 않았다

빛줄기조차 들어오지 않아
물속에 거꾸로 넣고 흔들자
숨어 있던 새들이
잎을 떨구고 날아가는 숲

면역력이 높아 병들지 않고
염증을 퇴치하는 효능이 있는 숲
자신은 치료받은 적이 없지만
헤모글로빈 수치를 증가시키고
항산화 작용이 있어서
여성과 임산부 곁을 지키는 숲
그런 이유로 인기가 많은 이 숲은

소리조차 통과하지 못해서

여전히 무음인 숲

벌목하기 위해

손으로 쳐내다 보면

어떤 새도 노래하지 않고

어떤 나비도 놀러 오지 않는

덩어리 숲, 브로콜리 숲

수상한 나라

숲이 수상해
이 의심은 계속된다
숲에 바람이 일면 나뭇잎들이 저마다 수군거리지
의심 많은 이야기꾼이니까
작은 투정도 있고
큰 이야기도 있고
뾰족한 질투도 있어서
숲은 가끔 내 마음을 찌르는데
때론 부드럽고 때론 무섭게 휘몰아치는데

바람이 수상해
이 의심은 계속된다
바람 불면 나무는 한쪽으로 기울고 풀도 기울고 숲
이 기울지
나무는 한쪽으로 쓰러지는 몸의 유연함을 어디서 배
운 걸까
때가 되면 스스로 쓰러져 고목이 되는 법은 어떻게
알았을까

바람 불어 달나라 계수나무도 한쪽으로 기울었을까
바람이 불면 지구로부터 멀어지는

달이 수상해
이 의심은 계속된다
달에서 방아 찧는 토끼는 어디서 잠을 자는지
손으로 잡으면 잡힐 것 같은 달은 왜 이리 멀어진 건지
지구의 작은 나라였다가 한 살림 차려서 떠난 걸까
달에도 왕이 있고 신하가 있고 백성이 있어서
설움에 못 이겨 와락 울음 우는 사람들이 살고 있을까

사람들이 수상해서
의심은 계속된다

다음 생에 만나요

　오산리 선사 유적 박물관에서 육천 년 전 당신을 만났어요 손에는 물고기와 제 몸보다 큰 창을 들고 있었지요 근육으로 뭉쳐진 어깨와 우람한 넓적다리가 당신이 걸친 짐승의 모피 사이로 훤히 보였어요 육천 년의 시간을 거슬러 우리가 만났어요 물고기와 짐승을 잡는 당신은 육천 년 전의 남자 나는 김창숙 브띠크 원피스를 입었고 당신은 맨발에 속이 다 보이는 옷을 입었는데 물고기를 잡는 당신이 왜 이리 가깝게 느껴질까요 당신 옆에는 아들이 있군요 아들에게 물고기를 잡게 하는군요 그런 당신과 당신의 아들을 안아 보았지요 그러면 당신이 나에게 물고기를 나눠줄 것처럼 물고기와 사슴으로 청혼이라도 할 것처럼 나는 말했어요 다음 생에 만나요 그때 내가 복명천 사구 습지로 찾아가면 물고기를 잡아주세요 상추와 감자도 심을까요 달이 바다로 올라오고 별이 어둠으로 스밀 때 첫날밤을 함께 할 수도 있죠 동굴 벽화에 나를 사랑한다고 당신이 소 열 마리와 들꽃 스무 송이를 그려놓을 수도 있죠 흙을 빚어 그릇을 만들고 조개껍데기로 목걸이를 만들어

주던 그 시절에도 삶이 있고 사랑이 있었군요 우리 다
음 생에 만나요 오산리에서 물고기를 말려요

빵을 만드는 일

반죽을 합니다
밀가루 입자를 뭉치고
이스트를 넣고 시간을 빼냅니다
빵이 부풀어 오르면

기포와 기포 사이에서 떠도는 별의 운행
빵을 만드는 일은 행성 하나를 만드는 일이어서

행성들을 치대는 일이어서
수없이 주무르고 바닥에 내리쳐서 기포를 줄이고
뜨거운 화로에 달구면
철새들이 냄새로 행성을 찾아옵니다

사람의 입자도 밀가루처럼 저리 고운 것일까요
이스트를 넣고 시간을 빼면 사람도 빵이 될 수 있을까요
나도 다양한 입자로 빚은 행성일까요

하지만 사람은 빵이 아니어서

행성으로 산다는 건 외로운 일이어서
이것저것 넣고 치대며 반죽을 합니다

나는 블랙홀처럼 가운데가 깊이 파인 빵을 좋아합니다
속이 없기에 부드럽습니다

오늘도 속이 꽉 차지 않은 반죽을 합니다
시간을 넣고 이스트를 빼냅니다
빵이 부풀어 오르면

막차

마지막 인사를 간이역에 내려주었으니
이별하지 않아도 될까

우리는 늘 다음 역에서 헤어졌지
한 정거장만 더 가자
차창에 스치듯 비친 내 얼굴이
너의 얼굴인 것 같아
잡을 수 없는 마지막 인사인 것 같아
창밖을 보지 못하고
다음 역은 어딜까 묻지 못하고

너와의 만남은 여름날 스콜 같았지
느닷없이 쏟아졌지

명치끝이 따끔할 정도로 좋았지

이별이 올 줄 몰랐어
어쩌다 손을 놓아 버린 걸까

마지막이란 걸 인정하기 어려워 막차를 기다리는데
소멸시효가 없는 막차는 어느 날에나 있고
마지막 인사를 태워 보내기 위해
막차를 기다린다

열차가 출발하지도 않았는데
다음 역은 어딜까 물으며

유혹

식목은 빅뱅의 시작일까요

삽으로 땅을 파는 순간 우주가 생기는군요
신생 은하처럼 작은 나무가 보이고
구덩이는 성운이 무성하게 감도는 은하가 되고

어떻게 한눈에 알아봤을까요

유성으로 떠돌던 시간들이
웅덩이에 모여서 은하수가 되는 일

은하수는 별들의 나무인가요
흔들렸던 대지를 굳건히 세워주고

당신의 말이 기억나요
사랑으로 잘랑잘랑 자란다는 잎사귀
당신 등에 소원으로 붙였어요

백합나무의 무성한 잎사귀는
새가 되어 날아간다더군요

바람이 쉬었다 가고
아카시꽃이 질 때면 향기가 모이겠지요
당신이라는 잔은 여름밤을 취하게 했지요
그 술에 젖어
우리는 구덩이와 나무로
나무와 구덩이로

빅뱅은 계속 진행 중입니다

당신 떠나고, 비

당신이 떠나기 전에 비가 내려요
나 같으면 이럴 때는 조용히 있을 텐데
비는 눈치를 모르네요
피는 물보다 진하다지만
비는 눈물보다 진해요
나는 비를 죄다 모아 당신 발에다 붓고 싶어요
아! 욕하는 날은 꼭 비가 내리더라구요

비를 맞는 여인이 비를 훔치고 있어요
맺혔다 떨어지는 빗방울 소리를 들으며
빗소리를 훔치고 있어요
오래전 빗물이 아니었을까를 생각하며
빗방울 속에도 어떤 세상이 있다는 말을 생각해요

비는 온종일 추적추적 내리고
나는 젖은 나무에 기대 있어요
다시 한번 빗방울을 모아
당신 머리 위로 붓고 싶어요

빗방울을
빗방울 소리를
빗방울 속에 있는 세상을

당신에게 붓고 싶어요
그리곤 당신을 훅 밀어내고 싶어요

그러면 빗방울은 또 떨어져
땅으로 스며들어 어디론가 흘러가겠지요

그렇게 수 없는 생이 흘러가겠지요

일몰 후기

일몰 끝에 돌아서는 등을 보았어
그리고 사라졌어

아주 잘 되었어

마지막은 갑작스러운 거라고
그래야 일몰이라고
나중에 꼭 써먹기로 했어

메일을 지우고 전화번호를 지우고
지웠다는 기억까지 지워야 한다나

일몰을 보여주고 떠난
당신에게 고마워

갑작스럽게 떠나는 것을 사랑하기로 했어

냉정을 연습하고

재앙에 가까운 배신,

일몰의 주술적 힘으로 비까지 내려준다면 고맙지
착하지 않지만 욕은 생략할게

일몰의 후기도 생략할게

어둠 속에서

너는
어두움과 어두움 사이로 흘러간다

너는
어둠을 가만히 바라보며 흘러간다

너는
어둠 속에서 어둠과 하나가 되듯
어둠을 업고 깊어진다

해 저문 강가
어둠 속에서

너는
어둠으로 나를 감쌌다

네가
떠난 후

어둠 속에서

나는
어둠을 응시하며 오래도록
어둠 속에 안겨 있었다

살아야 할 수 있는 것

몸무게 50kg 빼기, 오늘은 빨간색 레게머리 내일은 초록색 레게머리 하기, 엉덩이 성형하고 전신사진 두 장 찍기, 하루에 담배 세 갑씩 피워서 한국담배인삼공사가 주는 상 받기, 말끝마다 씨발 씨발 존나 존나, 헤어진 남자 친구와 길에서 키스하기, 배꼽티와 찢어진 반바지 입고 인디언과 한 달 살기, 레깅스 입고 클럽 가기, 도시마다 애인 만들기, 애인과 경찰서 가기, 결혼은 엘리자베스 테일러보다 1번 더하기, 이혼은 절대 안 하기, 뭐가 되었던 매달리기, 그리하여 나뭇잎처럼 땅으로 우수수 떨어져 보기.

4부

바람이 지나가며

의자가 비어 있다
염주 없는 손목처럼

스님이 앉았던 나무 의자가 비었다
스님이 앉아 있을 땐 설법 소리도 내려와 앉고
대나무 숲 소리도 내려와 앉고
산새들도 내려와 앉던
의자가 비어있다
스님은

불일암 후박나무 밑에서 한 줌 흙이 되었다
　커다란 잎사귀가 툭 투둑 떨어지며 스님의 목소리를
낸다
　잎사귀 떨어지는 소리가 불경 소리 같고 목탁 소리
같고 설법 소리 같은데
　댓돌 위에서 하얀 고무신이
　스님 대신 가부좌를 틀고 앉아 바닥을 바라본다

종일 대나무 잎 같은 장삼 자락 바라보며
그날이 그날인 나무 의자

서너 개 남은 감이 허공에 붉은 점을 찍는다

법정 스님의 마지막 설법처럼

바람이 지나가며
수많은 의자를 만든다

거미의 일기

기억하기도 무섭다. 용암이 흘러들던 날. 송진으로
굳어질 때 내가 간절하고 뜨겁게 했던 기도. 지켜내는
힘은 어디에서 나오는 걸까. 뜨거운 불로부터 알들을
보호해야 했다. 거미줄로 동여맬 수밖에 없는 나의 미
약함. 사랑하는 내 알들과 같이 까맣게 굳어지던 종말
을 잊을 수가 없다. 그로부터

일억 년.

턱에 나 있던 송곳니와 더듬이 다리도 발목의 감각
적인 털도 사라졌다. 알주머니를 품고 몸부림친 흔적
만 남았겠지. 신기하다고 여기겠지. 새끼를 지켜내지
못한 기억은 화석으로 굳었겠지. 누군가 거미라고 부
르면 나는 일억 년 동안 더 부끄럽겠지.

돌 속의 시간을 견디며 화석이 된 알들과 헤어지지
않게 해달라고 기도한 지

일억 년이나 되었다.

일억 년밖에 안 되었다.

빈집 냄새

사망신고하고 집을 돌아본다

시간이 멈춘 집

목단꽃이 붉게 흔들렸다

드럼통에 옷가지와 유품을 넣고 불을 질렀다

불길이 타오를수록 흔들리는 내 그림자가 목단 꽃 같은데

불길이 만든 목단꽃이 어머니 그림자인지 내 그림자인지 모르겠다

문고리에 숟가락을 꽂아둔 뒤틀린 방문이 덜컥거렸다

열지도 닫지도 못한 저 문은 어머니의 가슴이었을 것이다

영월군 구래리 깊은 산골에서

산 그림자로 늙어간 어머니는

산이 높을수록 작아지고 물이 맑을수록 혼탁해졌다

밥 냄새도 순서가 있어

밥이 먼저 익고

꽁치 굽는 냄새가 온 마을로 퍼지고

마지막이 어머니의 냄새였다

도시락을 열면 맡아지던 어머니 냄새
빈집에서 코를 벌름거리다
뒷마당에 주저앉아 흐느끼는 저녁을 빗질하면
서걱거리는 것들이 쓸려나왔다

저 흔들리는 것들
저 신음하는 것들이

불길 속에서 매캐한 연기로 집을 빠져나간 후
하얀 앞치마처럼 흔들리던 어머니의 계절이 보였다

아버지의 가계부

아버지는 가계부를 족보처럼 적었다 칠 남매 꾸리며 적은 가계부 숫자들이 족보의 이름처럼 빼곡했다 아버지는 대청마루에 앉아 주판알처럼 햇살을 튕기고 엄마는 그 옆에서 방을 쓸 듯 수입과 지출을 꼼꼼하게 적고 십 원이 비어도 다투는 그런 살림살이 일곱 남매는 족보에 이름도 올리지 못했으면서 가계부 주변을 맴돌았다 아버지의 하루는 가계부로 시작해 가계부로 끝나고, 일곱 남매는 도시락으로 시작해 도시락으로 끝나고, 엄마는 흘린 숫자를 밥풀처럼 주워 담는 그런 삶 해가 져야 하루가 끝나는 다른 집과 달리 우리 집 하루의 마무리는 가계부를 덮는 일이었다 가계부만큼 내 빚도 늘었다 가령 가을운동회가 있던 날 아버지가 내게 사준 분홍색 운동화 가격이 천 원이어서 초등학교를 졸업하기도 전에 나는 천 원을 빚진 여섯째가 되었다 큰딸 운동화 만 원, 큰아들 납입금 30만 원, 수입과 지출의 비고란처럼 방이 한 칸씩 늘어가고 방을 치우며 근심이 들어오고 근심이 나가고 그렇게 대차대조표를 맞춰보던 우리 집 가계부 빼곡한 항목을 족보에 올릴 이름처럼 읽던 우리 집

사거리의 저녁

아침 바다는 강남역 사거리에서 시작된다 빌딩의 벽들이 아가미를 열어서 파도가 생기고 물보라가 일어나면 정어리 떼가 뭉쳐 다니며 정어리 떼를 찾는 아침 나는 정어리 떼에 묻혀 아침부터 어두워진다 넘치는 넙치끼리 고등어는 고등어끼리 귀신고래가 유유히 떠다니며 정어리 떼를 삼키는 강남역 사거리로 커다란 빙하가 떠내려온다 빙하 위에는 펭귄들이 흰곰은 유빙 위에서 먹이를 찾아 물밑만 바라본다 더 깊은 물밑에는 패류처럼 다닥다닥 붙은 상가들 전철역 출구로 꾸역꾸역 빠져나오는 물보라를 따라 바다는 강남역 지하에서 시작되고 온종일 강남역 지하도를 이쪽에서 저쪽으로 넘나들며 어부들은 고기를 낚고 그러다가 네온사인처럼 빌딩 벽에 노을이 물들면 하루가 저무는 강남역 사거리에서 정어리 떼에 묻혀 나는 다시 어두워진다

휘두르는 저녁

나는 라켓입니다

사실은 전자 모기채입니다
스치기만 해도 모기들이 죽어나가죠

알았어요
한 방에 보낼게요

눈먼 것들이 스스로 뛰어들 때 휘둘러 주세요

죽고 사는 것이 한순간이라서
모기쯤은 흔적도 없는

참새구이 냄새와 연관이 깊은 어둠입니다

그러니 밤마다 한 손에 쥐고 나를 휘두르세요
라켓처럼 휘두르세요

휘두르는 저녁은 전쟁이지만

휘둘러야 평화랍니다

데칼코마니

거울에 나를 비춰봅니다

엄마를 봅니다

엄마도 그랬을까요

거울을 보면 딸이 보였을까요

아니면 엄마의 엄마가 보였을까요

나는 엄마의 가장 미운 모습만 보이는데요

화장대에 앉아서 거울을 보면

천장은 보여주면서도

바닥을 보여주지 않는 것처럼

거울로 나는 미운 엄마의 미운 엄마만 봅니다

치명적이란 것은 이런 걸까요

바닥이 있는데 바닥을 볼 수 없는 거

나를 보는데 미운 엄마가 보이는 거

엄마의 엄마도 이런 방을 가졌을까요

이런 방에서 이런 거울로

미운 엄마의 미운 엄마를 보는

내 방에 그런 거울이 있고

내 거울에 그런 방이 있습니다

비가 온다, 비가悲歌

　새벽 2시 너는 텅 빈 사무실에서 소주를 마신다. 비가 온다, 비가悲歌의 음표로 공장 앞마당을 건너오는 빗소리. 한쪽이 기운 공장 천막 같은 가슴속에서 시리게 공명한다. 마당을 채우는 빗소리와 술잔을 채우는 술의 소리가 같다. 단풍은 이미 부도가 났다. 부도수표처럼 단풍에 적색 선을 긋는 빗줄기, 핏줄처럼 서늘하게 적신다. 공장 셔터가 비바람에 덜컹거리듯 눈꺼풀이 덜컹거린다. 비를 맞으며 나뭇잎들도 파르르 떨린다. 하루 이자가 늦었다고 전기선을 끊는 세상. 캄캄한 전구 대신 밝힌 촛불이 너의 목에 돋은 시퍼런 정맥 같다. 꺼질 듯 그을음을 길게 끈다. 수척한 몸을 무게 없는 부피로 부풀린 그림자가 휘청, 흔들린다. 더 이상 팔아먹을 기계도 없는데 비가 온다, 비가悲歌, 내려서 너는 술을 마신다 텅 빈 사무실에 술을 채운다

적막이 된 집

고향 집에 왔다

대문을 열면 고양이들이 흩어지는

밤이 집과 나를 감쌌다

방문을 닫고 나는 집과 집의 안쪽 풍경과

집안에 있는 나를 차례로 바라봤다

나는 고요했고

집은 아무 말도 하지 않았다

태중의 적막 같은 것이 나를 감싸고 있었다

잠을 자다 바람 소리에 문을 열면

마당에 해당화가 피어 있고 고양이들이 모여 있다

앞마당 모과나무는 바람에 흔들리고 나뭇잎은 검은

빛으로 변했다

어둠 속에서 어둠을 응시하면 사물이 희미하게 보였다

나는 고요해졌고

집은 가까이 다가왔지만

어둠이 어둠을 부르는 집에서

나는 집과 하나가 되었다

어머니 태중의

적막한 집처럼

빗방울

장례식장에 앉아 있는 사람에게

빗방울은
둥근 등뼈로 조문하듯
찾아오는 얼굴들

영정처럼 얼굴이 비친 유리창에
흘러내리는 빗방울
흰 수의를 입은 수증기

아이를 잉태한 사람에게
빗방울은
구름의 씨

만삭으로 부푼 구름에서
한줄기 탯줄로 뻗어 내려오는 빗방울
생의 아름다운 언약
지상에 착지하여

수액으로 올라오는 꽃봉오리

한때, 나에게
빗방울은

있는 것이기도 하고
없는 것이기도 한
무심한 공중

그래도 나,
한때 빗방울

두 개의 계절

자동문이 열린다 사람들이 들어온다

죽은 자가 먼저 들어오고 산 자들이 뒤를 따른다

사람과 사람 사이에는 이처럼 자동문이 있어

문이 닫힌 밖은 12월인데 안은 뜨겁다

운구차는 새벽부터 줄을 선다

고급 차를 타보는 호사를 가까운 사람의 죽음 때문에
누린 것이 미안해지는 날

눈이 정강이까지 쌓였다

"화장 중 2시간"이라는 알림은 세상에서 가장 긴 이
별의 시간,

모든 것이 반짝이는 시간,

유족들은 눈물로 반짝이고

전광판은 숫자로 반짝이고

세상은 흰 눈으로 반짝인다

눈사람을 만들던 아이들이 식당으로 몰려가서 줄을
선다

몇 걸음 사이 저 밖은 한겨울이고

여기는 한여름이라는 것

사람들이 몸을 웅크린 겨울과

한 사람이 불 속에 있는 뜨거운 계절이 공존한다는 곳

화장을 다 마치기도 전에 누군가 얼굴 화장부터 한다

떠날 채비하는 며느리가 겨울 속으로 사라지면

유골 수습하는 직원들이 여름 속으로 들어간다

여름을 끝내려는 듯

자동문이 열리고 닫히면

혹한 속으로 사람들이 몰려나간다

엄마와 크레파스

백 살 엄마가 그림판에 색칠합니다
평생 벗은 치마를 모아놓은 듯 색이 쌓입니다
목단치마 주름치마 드레스치마 월남치마

처녀 적 입었던 검정 미니스커트는 나비의 날개로 내
려앉습니다
검정 나비가 날아가면 엄마는 나무 밑을 찾아갑니다

여름엔 복숭아나무 밑에
가을엔 사과나무 아래 앉아

여러 색의 나비를 잡습니다
어릴 적 물 들인 봉숭아는 다홍치마로 벗어놓았습니다

그림 속에는 딸의 눈도 아들의 눈도 있습니다
엄마는 모든 눈을 점으로 찍습니다
색색의 점에 얼마나 많은 우주가 숨 쉬고 있는지
해종일 이색 저색 골라서 점을 찍습니다

백 살이 된다는 건
더 많은 색을 쥔다는 것

스케치북을 덮으면
바람의 빛깔로 묽어집니다

엄마의 잠

엄마는 일 년에 한 번씩 전국 유람을 한다
동행은 없다
잠과 동행을 한다고 엄마는 말한다
얄팍한 잠
철새 같은 잠과 동행한다고
서울에서 청주로
청주에서 포항으로
이 자식에서 저 자식에게로
잠을 자러 간다
철새처럼
힘에 부친 흰 깃털을 펄럭이며
몸속에 철새의 길을 새긴 20년
그렇게 아들집에서 일 년
딸집에서 일 년
엄마와 동행한
철새 잠이
어느 날은 닭의 모습이고
어느 날은 강아지의 모습이어서

엄마 떠나고 나면

나는 자주 마당을 본다

진다

하루가 진다
빈 고동이 물살을 따라 떠내려간다
속을 다 파 먹혀
껍질만 남은 형태로

몸이 깨진다
기억이 깨진다
갑자기 나를 몰라본다
눈웃음치던 눈빛은 날카롭고
종일 침상에 누워 햇살을 잡는다
햇살 외에는 잡을 게 없다는 듯

평생의 햇살을 놓는다
백 살의 엄마가 종일 눈을 뜨지 않는다
자신의 길을 뚫고 있는지
고동의 등은 주저앉았고
햇볕에 바스러질 듯 혈관은 투명하다
지나온 길처럼

백 년이 멀어진다
꽃잎처럼 백 년이 흐드러지게 흩어진다
머물고 떠나는 연습을 하듯

하루하루가 진다

청색 백색 붉은색 따서
꽃잎처럼 섞어놓은

백 장의 하루가 진다

잘 가

나는 상주입니다

가끔 일어나 크기도 모양도 다른 신발들을 정리하지요

밑창에서 시간이 읽히는 신발

안쪽만 닳은 신발, 바깥쪽만 닳은 신발, 굽이 닳은 신발

입소할 때에 신고 간 신발은 낡은 신발이었죠 그래야 할 것 같았죠 장례식장에 가며 당신은 어떤 신발을 신나요

신발은 발 모양과 발 냄새로 주인을 기억할까요

첫돌에 신은 신발, 사진을 찍는다, 액자에 넣어 보관한다, 호들갑을 떨지만 마지막에 고인이 신었던 신발은 아무도 거들떠보지 않더군요

그런 신발들, 이 모양 저 모양
신발들의 짝을 맞춰줍니다

왔구나, 잘 가, 인사합니다
발을 정리하고 손을 흔듭니다

흔드는 손

이별하며 흔드는 손은

아스팔트 위에서 흔들리는 아지랑이

넝쿨장미 속으로 파고드는 바람

등 뒤로 흔드는 손

그리하여 너는 보지 못하는 손

그리하여 혼자 남아 있는 그림자

이별하며 흔드는 손은

아지랑이처럼

네가 떠난 뒤에도

대지 위에 남아 있는 열기 그리하여

네가 떠난 뒤에도

나뭇잎 위로 뛰어올라 흔들리는 볕

작품론

존재의 어두운 그림자와
재생의 공간으로서의 숲

황정산(시인, 문학평론가)

1. 들어가며

　김수원 시인의 시집 『나는 아직 넘치지 않았다』는 세상의 투명한 단면과 어두운 그림자들을 세밀하게 응시하고 기록하는 시적 여정이다. 우리는 살아가면서 어쩔 수 없이 다른 존재를 마주하게 되고 이 마주침을 통해 미처 알지 못했던 삶의 이면을 보게 된다. 하지만 사람들은 그것을 애써 외면하면서 살아간다. 삶의 이면을 보는 것은 괴로운 일이기 때문이다. 일상의 삶을 영위하는 우리는 자동화된 의식에서 쉽게 벗어나지 못하고 상투적 관념과 언어로 살아가고 있다. 이미 주어진 사고방식과 틀에 박힌 질서를 무의식적으로 따르며 편안하고 안전한 일상의 삶을 구가한다. 삶의 이면을 보는 일은 이런 고식적 현실 인식을 넘어 삶의 진실에 다가가는 일이며 그만큼 긴장된 감각과 사유를 필요

로 하는 일이다. 항상 자신의 시선과 언어를 갱신해야
하기 때문이다. 세상을 새롭게 다시 보고 그것을 새로
운 언어로 표현해야 하는 이 쉽지 않은 일이 바로 시인
의 역할이다. 김수원 시인의 이번 시집이 이러한 시인
의 여정을 우리에게 보여준다. 이 시집은 사라지는 것,
흔들리는 것, 잡히지 않는 것을 정면에서 바라보며, 그
것들을 언어의 숲으로 이끌어낸다. 시인은 자연과 사
물뿐만 아니라 그것의 한 속성인 그림자와 침묵에까지
감정을 이입하고, 그 정서적 흐름 속에서 다시 삶의 방
식에 대해 사유한다. 이 시집을 읽으면 시인의 길이 아
름답지만 고통스럽다는 것을 깨닫게 된다.

2. 삶의 흔적들과 그림자의 이미지

이 시집의 시편들은 대부분 존재의 경계에 있는 사
물들에 대한 날 선 감각들을 보여준다. 가령 다음과 같
은 작품을 보자.

> 나는 상자예요. 누군가 다녀간 흔적도 있는. 그러나 다
> 녀간 사람의 그림자는 보이지 않아요. 상자도 그림자는
> 가두지 못하니까요. 밤이 되면 그림자는 투명해지니까
> 요. 어떤 사람은 버려진 것도 그림자였다고 수군거리더
> 군요. 상자에는 그림자도 많아요. 고양이 그림자도 있고

애인에게 받은 꽃 그림자도 있고 아기 그림자도 있어요.
그림자는 그림자이니 그냥 봄밤에 펄럭이는 기저귀라고
할까요. …(중략)… 육면이 모두 바닥이니까요. 상자에게
도 엄마가 있을까요? 아기 그림자가 나를 다녀갔으니 내
가 엄마일까요? 봄밤에 펄럭이던 아기 그림자는 어디로
가고 있을까요? 그림자를 버리고 가는 그림자들을 보았
어요.

— 「그림자가 바람에 펄럭입니다」 부분

「그림자가 바람에 펄럭입니다」에서 시적 화자는 상
자가 된다. 독자들은 시인과 함께 그 상자 안을 응시한
다. 빈 상자 안에는 부재의 흔적이 있고, 그림자도 없
는 흔적의 부재가 아이러니하게 함께 존재한다. 시적
화자는 그것을 "나는 상자예요. 누군가 다녀간 흔적
도 있는. 그러나 다녀간 사람의 그림자는 보이지 않아
요"라고 고백한다. 부재의 그림자를 응시하는 이러한
시적 화자의 눈과 입을 통해 시인은 모든 존재가 가지
고 있는 근원적인 고독을 탐색한다. 상자는 무엇인가
를 담기 위해 존재하지만, 아무것도 담지 않을 때 오롯
이 '상자' 자신이 된다. 하지만 그럴 때 상자는 그림자
마저 담을 수 없는 고립되고 무의미한 존재가 된다. 그
림자는 "기저귀처럼 펄럭이지만" 실체는 없고, 상자는
"육면이 모두 바닥이" 되어 출구 없는 자아의 상태를

드러낸다. 폐쇄된 공간을 통해서만 나의 정체성을 확인할 수 있고, 인간 존재의 고독과 비극성을 여기서 감지할 수 있다. 시인은 이러한 고독한 존재의 비극성 속에서도 그림자가 남기고 간 감정의 흔적을 주시한다. 그리고 그것을 통해 벽으로 막힌 존재의 고립을 넘어서 그림자로나마 자유를 얻는다.

다음 시에서의 그림자 이미지는 좀 더 생생하고 역동적이다.

> 당신이 신기루처럼 희미해질 때 있어요
> 먼 곳에서 깃발을 흔들며
> 앞장설 때도 있지만
> 신기루처럼
> 당신은 흩어지고
> 나는 깃발을 스쳐 가고 말아요
> 신기루니까요
> 뜬구름을 잡는 걸까요
> 일생에 잡아본 것은 빈주먹뿐이었는데요
> 당신은 가끔 대기권 밖을 떠돌다가 돌아온 사람 같아요
> 유영하는 그림자였던 것도 같고
> 낯선 도로에서
> 장승처럼 서 있기도 하고
> 그런 당신의 표지를 따라왔어요
> 당신이 깃발처럼 펄럭일 때 있거든요

닿지 않는 거리는 틈일까요

다가가는 만큼 멀어지는 교차로,

희미해지는 거리 끝에서

신호등처럼 입술이 붉게 켜지고 있나요

내가 가면 왜 따라오나요

건물도 나무들도 구름도

긴 신호가 되는 나를 따라왔어요

나는 당신을 따라왔고요

깃발을 흔드네요

그림자처럼

—「낯선 도로에서」 전문

이 시는 그림자의 이미지를 통해 존재와 존재 사이의 관계를 탐색한다. 나 아닌 '당신'을 신기루나 그림자, 깃발 등으로 상징화하면서 관계 속에서 자아가 경험하는 정체성 혼란과 존재 간의 단절을 형상화하고 있다. 우리는 누군가를 '깃발'이라 생각하며 따르고 모범으로 삼고자 한다. 하지만 그럴수록 존재와 존재 사이의 거리만 확인되고 다가가거나 함께 할 수 없다. 우리는 이렇게 서로가 서로에게 그림자가 되어 멀리서 따라오는 "낯선 도로에서" 방황하는 운명인지 모른다. "닿지 않는 거리는 틈일까요/ 다가가는 만큼 멀어지는 교차로"라는 구절은 가까이할수록 다시 멀어질 수밖에 없는 사람들 사이의 거리의 역설을 보여주고 있다.

현대를 사는 우리는 모두 이러한 관계의 친밀성 부재를 경험한다. 시적 자아는 계속해서 '당신'을 쫓지만, 그 존재는 신호등처럼, 신기루처럼 실체 없이 사라진다는 이 시의 설정이 그것을 잘 말해주고 있다. 세상은 그림자처럼 실체 없는 대상과 마주해야 하는 "낯선 도로에서" 느끼는 단절감을 연속이라고 시인은 생각하는 듯하다. 외로운 현대인의 쓸쓸함이 적절한 이미지를 통해 잘 형상화되어 있다.

　하지만 시인은 이 고독과 단절 속에서 절망하지 않는다. 끊임없이 거기서 탈출을 시도한다.

　　컵에 손가락이 찔렸다

　　분명 허공이었는데
　　공중을 날아가다 유리벽에 충돌했다
　　그것은 너무 투명해서 눈이 부셨다

　　그러니까 내 손가락은 유리에 부딪힌 새

　　뼛속에 구멍이 있어 가볍게 날아가는 새처럼
　　온몸에 숭숭 구멍투성이인 나는 몸이 허공이었다
　　언제나 힘을 다해 날아올랐다

　　컵을 채우려는 듯이

넘쳐서 흘러나오려는 듯이
비행하다 벽에 부딪혀 죽어가는 새들이 늘었다

어떤 날은 컵을 거꾸로 세워 땅을 딛고 섰다

하늘보다 땅이 나에게 더 높은 세상이 되었고
그 후로도 여러 번 비상했지만
컵이 나의 세상이 되었고
그 작은 세상에서 벗어나기 위해

하루에도 몇 번씩 넘치는 나를 만나며
컵에 수없이 손가락이 찔렸지만

나는 아직도 넘치지 않았다

— 「나는 아직도」 전문

이 시에서는 시인은 유리창에 부딪혀 죽거나 상처
입은 새에 자신을 감정이입한다. "내 손가락은 유리에
부딪힌 새"라는 비유를 통해, 투명하지만 단단한 세계
에 부딪혀 상처 입고 방황하는 자아의 상태를 형상화
한다. "컵을 거꾸로 세워 땅을 딛고 섰다"는 표현은 하
늘보다 땅이 높은, 역전된 가치 체계 속에서만 자신의
존재를 확인할 수 있다는 것을 말해준다. 그런 전복적

상상으로 일상의 억압을 벗어나고자 하지만 결국, 컵이라는 작은 세계로부터 조금도 나아가지 못한다. 그래서 컵에 손가락을 찔리는 도발을 통해 잠시 해방의 기쁨을 맛보지만 그 역시 유리창에 부딪혀 죽은 새와 같이, 쉽게 벗어날 수 없는 강고한 장벽만을 몸으로 확인할 뿐이다. 이 시에서 컵이라는 일상적 사물은 자아를 규정하는 경계가 되며, 동시에 비상하려는 욕망과 충돌하는 현실을 상징한다. 시인은 이 유리벽을 넘어서려는 노력을 멈추지 않는다. 유리에 찔리고 피를 흘리는 그 고투만이 유리컵에 갇힌 자신의 정체성을 확실히 확인할 수 있는 방법이며, 자유로의 이행을 포기하지 않는 일이라 생각하기 때문이다. "나는 아직도 넘치지 않았다"는 마지막 구절은 영원히 이루어질 수 없는 고투를 계속해야 하는 시지프스의 비극을 떠올리게 해 준다.

3. 공생과 숲의 이미지

이 시집 제목이 암시하듯, 숲은 이 시집 전체를 관통하는 핵심 이미지이며, 동시에 흔적과 재생, 생명과 상실의 공간으로 작동한다. 숲은 단지 자연의 배경이 아니다. 김수원의 시에서 숲은 살아있는 존재이며, 감

정을 기록하는 필체이다. 다음의 시가 그것을 잘 보여
준다.

숲은 어떤 필체일까요
가령 여름에 태풍이 숲을 흔들면
숲은 오른쪽 왼쪽으로 펜을 기울입니다
그러다 허공을 향해 한 획을 날리면 숲은 필기체로 흐
릅니다

폭우로 어두워진 숲은 정서체입니다
장마에 머리를 숙이고 단정히 땅만 바라봅니다
땅에 무언가를 쓰려는 사람처럼
물살에 무언가를 흘려보내는 사람처럼

가을 숲은 안부를 묻는 편지입니다
바람이 불면 나무들이 나무에게 안부를 묻습니다
가까운 나무에서 숲의 먼 나무까지
은사시나무는 은사시나무에게
자작나무는 자작나무에게 편지를 읽어줍니다
낙엽은 낙엽의 소리를 냅니다
낙엽 밟는 소리는 어떤 안부 같은데

겨울 숲은 펜을 버립니다
먹물을 버립니다
겨울은 고요히 백지만을 바라봅니다 백지 위에

다시 쓰는 편지가 봄일까요

숲에 온갖 꽃이 폈으니 이미 봄은 꽃봉투일까요
새가 집배원처럼 나무 사이를 날고
누가 멀리서 꽃봉투를 열어보고
— 「편지의 계절」 전문

　시인은 숲을 편지로 비유하여 고립되고 분리된 존재
들 사이 소통의 공간으로 탈바꿈시킨다. "숲은 오른쪽
왼쪽으로 펜을 기울입니다", "폭우로 어두워진 숲은
정서체입니다"라는 묘사를 통해, 숲이 시간과 계절에
따라 문체를 바꾸는 존재임을 보여준다. 그것은 살아
있는 존재라는 뜻이고 시간과 관계에 따라 새롭게 변
화하고 생성하는 존재라는 뜻이다. 이 시에서 숲은 동
시에 필기체이자 정서체이며, 편지지이자 봉투이기도
하다. 숲은 인간의 다양한 마음과 구체적인 정서를 생
생하게 전달하고 재현하는 풍부한 생성과 소통의 공간
이다. 그것은 어쩌면 시인에 의해 만들어진 언어의 숲
이라고 이해해도 될 것이다. 숲이라는 곳이 여기 이곳
을 사는 모든 생명체의 모습을 우리에게 보여주는 것
처럼, 시인이 쓴 시어들은 언어의 숲이 되어 우리의 삶
을 풍부한 구체성으로 전달해준다. "가을 숲은 안부를

묻는 편지입니다/ 바람이 불면 나무들이 나무에게 안부를 묻습니다"라는 시구에서 숲은 내면의 언어와 감정이 흘러가는 매개체로 기능한다. 낙엽은 편지이며, 그 밟히는 소리는 안부의 회신이다. 이렇듯 숲의 이미지를 통해 시의 언어를 비유할 때, 언어는 상투적이고 의례적인 소통 수단이 아니라 생명과 구체성이 숲처럼 살아 새롭게 생성되는 풍부한 소통의 장이 된다. 그럴 때 우리는 진정으로 자연이 우리에게 주는 내밀한 비의를 파악하고 자연이 주는 편지를 읽을 수 있게 된다. 이 시의 제목이 "편지의 계절"인 이유가 여기에 있다.

다음 시는 숲과 시의 관계를 좀 더 분명하게 보여주고 있다.

담벼락에 흰 칠을 했다
낙서를 지우려 페인트로 꼼꼼히 칠을 했다
어느 날부터인지 금이 가더니 수많은 자작나무를 피워냈다
한 그루 두 그루 숲을 이루었다
나무들이 낙서 속에서 나와 가지를 키웠다
아침에는 아침 햇살로 씻고
저녁에는 노을빛으로 세수를 했다
담벼락의 나무를 보려고 동네 사람들이 몰려
그림자가 우르르 몰렸다
나무들이 자란 후 없던 것이 생기고

생긴 것 위에 이야기가 생기고 이야기 위에 나무가 더
자라서

나무들의 장터가 생겼다

숲이 생겼다

숲에 아이들의 소문이 숨어있다

아이들이 더 몰려들어 담벼락에 낙서를 했고

숲이 더 무성해졌고

어른들이 와서 담벼락에 흰 칠을 한다

모든 것은 생겨나고 또한 사라졌다

장터처럼

숲처럼

―「숲이 생겼다」 전문

담벼락에 그린 나무 그림으로 숲이 만들어졌다. 그
숲으로 인해 사람들이 모여들고 또 이야기가 생기고
장터가 생기고 낙서까지 더해져 무성한 숲이 된다. 재
미있는 발상이다. 이 시에서 숲은 비록 담벼락에 아무
렇게나 그려져 만들어진 것이지만 그것은 우리의 삶
을 풍부하게 만들고 사람과 사람을 만나게 하고, 하고
싶은 말을 하게 하는 자유와 해방의 공간이 된다. 시인
은 그것을 "나무들이 자란 후 없던 것이 생기고/ 생긴
것 위에 이야기가 생기고 이야기 위에 나무가 더 자라
서/ 나무들의 장터가 생겼다/ 숲이 생겼다"라고 생동
감 있게 表現하고 있다. 모든 생명이 어우러진 숲이 새

로운 생명을 만들어내고 뭇 생명들 간의 공존과 상생의 공간인 것과 마찬가지로 모든 언어 행위 중에서 시만이 이런 생성과 소통의 역할을 한다. 담벼락에 그려진 숲의 모습은 무용성의 유용성을 보여주는 시적 언어에 대한 강력한 은유가 아닌가 한다. 특히 낙서를 덮으려던 흰 칠이 오히려 "자작나무를 피워냈다"는 구절은 은폐된 흔적이나 폐허에서 생명이 자라나는 재생의 아이러니를 시적으로 표현해 주고 있다. 시도 숲도 폐허에서 더 무성하게 자라나는 법이다.

　다음 시는 숲의 이미지를 통해 문명비판적 메시지를 전하고 있다.

> 마트에서 이천 원을 주고 샀다
> 비닐봉지에 담긴 숲
> 너무 가벼워서
> 한 손으로 들고 오는 동안 조금도 무겁지 않았다
>
> 빛줄기조차 들어오지 않아
> 물속에 거꾸로 넣고 흔들자
> 숨어 있던 새들이
> 잎을 떨구고 날아가는 숲
>
> 면역력이 높아 병들지 않고
> 염증을 퇴치하는 효능이 있는 숲

자신은 치료받은 적이 없지만

헤모글로빈 수치를 증가시키고

항산화 작용이 있어서

여성과 임산부 곁을 지키는 숲

그런 이유로 인기가 많은 이 숲은

소리조차 통과하지 못해서

여전히 무음인 숲

벌목하기 위해

손으로 쳐내다 보면

어떤 새도 노래하지 않고

어떤 나비도 놀러 오지 않는

덩어리 숲, 브로콜리 숲

—「덩어리 숲」 전문

'숯'과 '숲'이라는 비슷한 발음의 서로 다른 단어를 재미있게 사용한 작품이다. 하지만 단순한 언어유희에 그치지 않고 깊은 성찰을 담고 있다. 시인은 숯을 보고 봉지에 담긴 숲이라 생각한다. 숲이 파괴되어 봉지에 담겨 브로콜리 같은 일용할 소비재로 팔리고 있기에 이러한 상상이 가능할 것이다. 이렇게 한갓 상품으로 전락한 숲을 통해 시인은 자본화된 자연의 생명 상실을 비판한다. "소리조차 통과하지 못해서/ 여전히 무음인 숲", "어떤 새도 노래하지 않고/ 어떤 나비도

놀러 오지 않는"이라는 표현은 죽은 자연의 슬픈 초상
이다. 시인은 이를 공동체적 소통을 생성하는 진짜 숲
(「숲이 생겼다」)과 대비하여, 숲의 파괴가 어떤 현실을
초래할지 예리하게 예견한다.

4. 맺으며

이 시집 『나는 아직 넘치지 않았다』의 시들은 목소
리 높여 무엇을 주장하거나 시인의 생각을 강요하지
않는다. 대신 여백이 많은 여유로운 정서와 비교적 느
린 호흡을 통해 독자를 편안하게 언어의 숲으로 이끈
다. 김수원의 시는 일상의 사물과 잊힌 장면들에 주의
를 기울이며, 그 안에 깃든 슬픔과 소망, 생명과 공존
의 가치를 감각적으로 구체화한다. 김수원의 시들을
읽다 보면 우리의 삶은 진정성을 상실한 그림자와 껍
데기의 세상이다. 하지만 그림자만 남은 내면의 상실
은 시인의 언어 안에서 단순한 비극이 아니라, 세상을
다시 보고 우리의 마음을 다시 쓰기 위한 서정의 조건
이 된다. 이 시집은 '그림자를 따라 숲으로 들어가는
일'을 통해, 우리 각자가 자신을 다시 살아가게 만드는
조용한 회복의 문장들로 가득 차 있다. 그리고 그 회복
은 필기체처럼 흔들리고, 나뭇잎처럼 아득히 울린다.

새벽의 숲은 숨을 죽이지
아침이 오고 꽃이 아이처럼 아장아장 일어날 때
숲은 무엇으로 가득해질까

숲에 비가 내리면

─「숲의 하루」 부분

시를 쓰는 것은 이렇듯 언어의 숲을 가꾸는 일이다. 그 언어의 숲에 꽃을 피우고 아이처럼 아장아장 걸어오는 새로운 생명을 얻기 위해 김수원 시인은 오늘도 숲에 내릴 언어의 비를 기다리고 있다.

불교문예시인선 059

나는 아직 넘치지 않았다

초판 1쇄 발행   2025년 5월 26일

지은이   김수원
발행인   문병구
편 집   구름나무
디자인   쏠트라인
펴낸곳   불교문예출판부

등록번호   제312-2005-000016호(2005년 6월 27일
주   소   03656 서울시 서대문구 가좌로2길 50
전화번호   02) 308-9520
전자우편   bulmoonye@hanmail.net

ISBN   978-89-97276-81-3 (03810)